AF312350

ABRÉGÉ DE LA NOTICE

HISTORIQUE

SUR LES

INSTITUTIONS DE BIENFAISANCE,

PAR ISIDORE VAN OVERLOOP,

AVOCAT A LA COUR D'APPEL DE BRUXELLES.

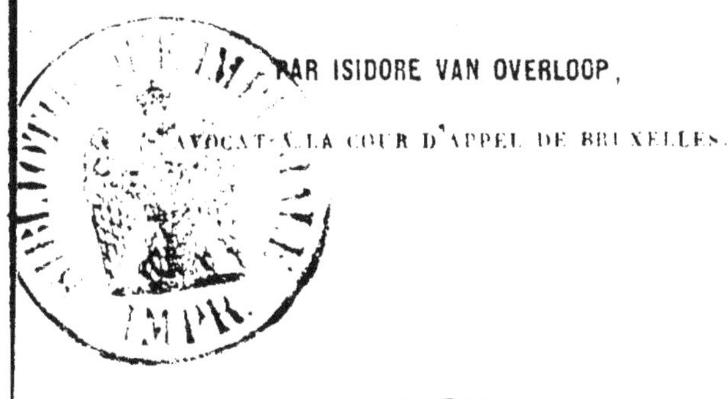

BRUXELLES,

IMPRIMERIE DE J. VANDEREYDT.

RUE DE FLANDRE, 104.

1855

APPROBATION.

Ayant fait examiner l'opuscule : *Abrégé de la Notice historique sur les Institutions de Bienfaisance*, nous en permettons l'impression.

Malines, le 20 janvier 1852.

P. CORTEN, *Vic. Gén.*

———

COLLECTION DE PRÉCIS HISTORIQUES.

2e ANNÉE. 1853.

———

DÉPOSÉ.

ABRÉGÉ DE LA NOTICE HISTORIQUE

SUR LES

INSTITUTIONS DE BIENFAISANCE [1].

« C'est toi, dont la pitié plus tendre
Verse l'aumône à pleines mains,
Guide l'aveugle, et vient attendre
Les voyageurs sur les chemins.
C'est toi, qui, dans l'asile immonde,
Où les déshérités du monde
Viennent pour pleurer et souffrir,
Donne aux vieillards de saintes filles,
A l'enfant sans nom des familles,
Au malade un lit pour mourir. »
(LAMARTINE: *Hymne à Jésus-Christ.*)

« L'obligation de la bienfaisance est gravée dans le cœur de chaque homme de la main même

(1) Monsieur l'avocat Van Overloop, actuellement membre de la chambre des Représentants, a publié, en 1849, une *Notice historique sur les institutions de bienfaisance, et spécialement sur les hôpitaux en Belgique.* Nous en avons extrait ce qui appartient exclusivement à l'histoire jusqu'à la révolution française du xviiie siècle ; la politique et la jurisprudence n'entrent guère dans notre plan.—Cet *abrégé* est publié avec le consentement de l'auteur, notre ami et cousin. —Pour les citations, nous renvoyons à la *Notice. (Note de l'édit., Ed. T.)*

de la nature. Elle brille de la même manière pour l'ignorant et pour le sage ; et, quant à sonder de plus profonds mystères, le philosophe le plus habile et le paysan le plus grossier se trouvent frappés de la même impuissance. » — « Ce peu de mots, dit Alban de Villeneuve, révèlent toute la faiblesse de la nature humaine, lorsqu'elle n'est pas guidée par la philosophie religieuse et ne veut pas recourir aux sources de l'éternelle vérité. On confesse la nécessité de la charité ; on avoue que le précepte de la bienfaisance est gravé dans le cœur de tous les hommes. On constate un fait ; on néglige d'en connaître la cause, s'il faut la puiser dans la religion ; et l'on préfère à cette noble étude le scepticisme, ce doute philosophique si commode, mais si humiliant !

» Ce n'est point là que s'arrête la philosophie chrétienne ; car celle-ci embrasse l'homme tout entier, et l'envisage non-seulement dans sa destinée terrestre, mais dans sa destinée religieuse, la seule digne d'une créature intelligente et en rapport avec la Divinité.

» La religion est un fait, et non un système ou une hypothèse. Pourquoi donc ne pas chercher, de bonne foi, dans cette religion, fondée sur la charité même, la raison dernière de la charité.....? »

Et cependant, hors de la religion, il n'y a point de charité véritable. Les faits qui prouvent cette proposition se pressent sous notre plume.

§ 1. De la bienfaisance avant le christianisme.

Moïse, s'adressant aux Hébreux : « Si quelqu'un de vos frères, dit-il, est réduit à la pauvreté, n'endurcissez pas votre cœur et ne lui resserrez pas votre main ; mais ouvrez-la au pauvre et prêtez-lui tout ce dont vous verrez qu'il a besoin. Donnez-lui, et le secourez sans aucun détour ni artifice, afin que le Seigneur vous bénisse... » — Salomon a inscrit ces paroles au livre de la Sagesse : « Ne dédaignez pas votre frère qui souffre la faim et l'indigence ; parlez-lui avec calme et douceur. »

Tels étaient les enseignements des sages de l'Ancien Testament, des précurseurs du Christ, et ces préceptes, le peuple israélite les mettait en pratique.

Quelles doctrines professaient, à leur tour les sages de la Grèce et de Rome ? Est-il vrai, comme l'a dit un professeur de nos jours, Émile Saisset, que quelques-uns d'entre eux aient reconnu que les hommes sont frères et frères en Dieu ? — De deux choses l'une : ou ce professeur ne sait pas, ou il cache que les philosophes grecs qui ont proclamé que les hommes sont frères, ne reconnaissaient comme hommes que leurs concitoyens, et non les barbares ni les esclaves. Ils ne se contentaient pas même d'exclure de la *fraternité* grecque les barbares, c'est-à-dire les étrangers; ils allaient jusqu'à soutenir que les esclaves étaient d'une nature différente de celle des autres hommes (1).

Les philosophes romains pensaient comme les Platon et comme les Aristote. D'après Cicéron, des peuples entiers naissent esclaves. Mais écoutons Sénèque; ses maximes ont conduit à faire prétendre que les chrétiens ont emprunté la charité. Il flétrit la miséricorde comme un vice de l'âme. « Le sage, dit-il, sera sans compassion. » Est-il dès lors étonnant que ce digne philosophe ait osé écrire : « Nous noyons nos enfants déformes ou débiles, comme nous retranchons un scélérat de la société! »

(1) Le mot *fraternité* a retenti bien haut depuis la fin du XVIIIᵉ siècle. La révolution de quatre-vingt-neuf et la philosophie, sa traîtreuse mère, ont revendiqué cette fraternité comme un trésor nouveau dont elles dotaient la France et le monde. Cette idée ne leur appartient pas ; elle est du domaine du catholicisme ; elle prouve même un des dogmes essentiels de la foi, que le philosophisme et les idées révolutionnaires lui ont contesté. Si la *fraternité* existe, c'est-à-dire, si tous les hommes sont *frères,* ils descendent donc d'un seul père ; donc l'unité de l'espèce humaine et, par conséquent, la création réelle sont prouvées. (*Note de l'éditeur.*)

Toute l'école stoïcienne, celle qui comptait dans ses rangs les plus célèbres moralistes, les Marc-Aurèle, les Épictète, professait des maximes semblables sur la compassion envers les malheureux. Aussi les mots *charité*, *humanité*, avec la signification que nous y attachons de nos jours, n'existent-ils pas dans les lexiques grecs et latins. En présence de telles doctrines, on comprend, comme le fait remarquer Fleury, pourquoi toute la politique des Grecs et des Romains se bornait à bannir la fainéantise et les mendiants valides, ainsi qu'à prendre, dans certains temps de calamité, quelques mesures passagères pour soulager les malheureux. Et cette observation de Fleury explique, à son tour, pourquoi les anciens auteurs, qui ont décrit en détail les monuments de Rome et des autres villes célèbres de l'antiquité, ne parlent d'aucun établissement destiné à recevoir les malades, les vieillards, les orphelins, tandis qu'ils font mention des palais, des bains, des théâtres, des temples, des greniers publics, des prisons et d'autres édifices d'utilité publique. Il est question, à la vérité, dans quelques auteurs, d'infirmeries ; mais ce n'étaient point des établissements publics ; c'étaient des appartements placés dans l'intérieur ou dans le voisinage de la maison des grands, et destinés à leurs serviteurs.

Un écrivain moderne, qui a rendu de grands services à la bienfaisance, se trompe, pensons-nous, en soutenant que trois sortes d'institutions prévenaient, chez les anciens, le besoin de fonder des établissements charitables : l'*hospitalité*, les *infirmeries domestiques*, l'*esclavage*, qui mettait à la charge du maître l'entretien du serviteur. L'histoire constate que l'*hospitalité* primitive avait presque entièrement disparu de la Grèce et de Rome longtemps avant la naissance du christianisme. Nous venons d'expliquer en quoi consistaient les infirmeries. Quant aux esclaves, quiconque a lu les auteurs anciens sait qu'ils étaient traités avec une dureté excessive.

Écoutons encore Voltaire, qu'on ne suspectera certes pas de partialité en faveur du catholicisme.

« Le mot d'hôpital, dit-il, qui rappelle celui d'hospitalité, fait souvenir d'une vertu célèbre chez les Grecs; mais aussi il exprime une vertu bien supérieure. La différence est grande entre loger, nourrir, guérir tous les malheureux qui se présentent, et recevoir chez vous deux ou trois voyageurs chez qui vous aviez aussi le droit d'être reçu. L'hospitalité, après tout, n'était qu'un échange. Les hôpitaux sont des monuments de bienfaisance. »

En résumé, avant le christianisme, la bienfaisance ne fut enseignée ni pratiquée que par les

Israélites ; les doctrines des sages de l'antiquité étaient loin d'être miséricordieuses, et les actions étaient conformes aux doctrines (1).

§ 2. De la bienfaisance chrétienne jusqu'à la réforme.

Lorsque le Christ naquit en Judée, les deux tiers du genre humain étaient réduits à l'esclavage ; le sang humain coulait à grands flots pour enivrer cette société romaine qu'on ose nous donner comme un modèle à suivre ; les enfants étaient capricieusement immolés ; les adultes

(1) Dans les classiques, on ne rencontre peut-être qu'un exemple de *vraie* charité ; encore se borne-t-il aux citoyens d'Athènes. Cornelius Nepos parle ainsi de Cimon : « Il était d'une telle générosité qu'ayant en plusieurs endroits des terres et des jardins, il n'y mit jamais de gardiens pour s'en réserver le produit, n'en voulant ôter la libre jouissance à personne. Il avait toujours à sa suite des gens chargés de pièces d'or et d'argent, heureux, si quelqu'un avait besoin de son secours, d'avoir de quoi donner sur-le-champ, et craignant qu'un retard ne semblât un refus. Plus d'une fois, à la vue d'un homme disgracié de la fortune et trop peu vêtu, il lui arriva de donner son manteau. Chaque jour sa table était assez bien servie pour lui permettre d'inviter tous ceux qu'il rencontrait sur la place publique, n'ayant pas d'autre invitation : pas un seul jour où il y manquât. Personne à qui il ait refusé l'aide de son crédit, ou de ses services, ou de sa fortune : beaucoup furent enrichis par lui ; grand nombre morts assez pauvres pour n'avoir pas laissé de quoi être enterrés, le furent à ses frais. Avec cette conduite, il n'est pas étonnant que sa vie ait été sans trouble, et sa mort vivement regrettée. »
(Note de l'éditeur.)

étaient souillés ; la femme et le mariage étaient
sans honneur ; les malheureux, sans asile ; la
guerre, sans quartier ; les nations, sans droit
commun ; un monstre, sous le nom de César,
était dieu et écrasait l'humanité sous un sceptre
de fer ; en un mot, on pouvait dire :

« Je rends grâces aux dieux de n'être pas Romain,
» Pour conserver encor quelque chose d'humain. »

CORNEILLE.

A l'idolâtrie des païens, à leur inhumanité,
le Christ opposa cet enseignement qui devait ré-
volutionner l'univers : « Aimez Dieu de tout
votre cœur et votre prochain comme vous-
même. » — « La charité, d'après ses divines paroles, constitue toute la loi, renferme tous les
commandements. Il y revient sans cesse, parce
qu'il savait bien que l'économie de la société humaine reposait sur ce fondement. »

Après lui, ses disciples et ensuite les Pères de
l'Église ont prêché sans relâche que la charité
est la base du catholicisme, ou plutôt qu'elle est
le catholicisme tout entier. Au XIXᵉ siècle, la
charité est encore le précepte fondamental de
l'enseignement catholique. Jamais l'Église n'a
cessé de l'inculquer aux hommes. Il suffit, pour
s'en convaincre, de lire les décrets des conciles,

les bulles des papes, les mandements des évêques, les sermons des prédicateurs.

Comment eût-elle pu manquer à cette sainte
mission? Lorsque, à la fin des siècles, le Juge souverain proclamera le sort des justes et des méchants, en quels termes sera motivée la sen-
tence? C'est encore le Christ qui nous l'apprend :
nous serons récompensés ou punis selon que
nous aurons ou non pratiqué les œuvres de charité pour nos frères. « Venez, les bénis de mon
Père, dira-t-il aux justes, car quand j'ai eu faim
et soif, vous m'avez donné à manger et à boire ;
quand j'ai été nu, vous m'avez habillé ; quand
j'ai été dans la tristesse, vous m'avez consolé.
Entrez donc au royaume céleste. » Puis il dira
aux méchants : « J'ai eu besoin, et vous ne m'a-
vez pas secouru ; j'ai été dans la peine, et vous
ne m'avez pas consolé. Allez au feu éternel. »
— « Toutes les fois, dira-t-il à tous, que vous
avez donné ou refusé quoi que ce soit au plus
petit de vos frères, c'est à moi que vous l'avez
donné ou refusé. »

Il est donc bien constaté et hors de contro-
verse que le catholicisme tout entier consiste à
aimer, *à aimer Dieu et à aimer ses frères.*

Examinons quels fruits l'arbre du christianisme a produits dans le domaine de la bienfaisance. Nous nous bornerons à l'érection des

hôpitaux, en restreignant, autant que possible, notre examen à la Belgique.

Trois espèces de misères composent l'inséparable cortége de l'homme : les *misères physiques,* ou la pauvreté, la maladie, la mort ; les *misères intellectuelles,* ou l'ignorance et l'erreur ; les *misères morales,* ou les passions et leurs effets. L'Église a créé d'innombrables institutions pour remédier à ces trois espèces de misères. Il faudrait la patience d'un bollandiste pour en tracer l'histoire, même en abrégé.

Toutefois, les hôpitaux ne se formèrent pas pendant le premier âge du christianisme. Comment les chrétiens eussent-ils pu en ériger ? Dès l'an 64 de l'ère nouvelle, une affreuse persécution les obligea de se tenir cachés. Il appartenait à Néron d'en donner le signal, en accusant les chrétiens de l'incendie de Rome, incendie qu'il avait lui-même allumé. Un apostat, l'empereur Julien, devait, au milieu du ive siècle, être l'auteur de la douzième et dernière persécution. Chose étonnante ! Marc-Aurèle, ce prince si sage, si prudent, qui se plaisait à répéter « que dans l'impuissance où il était de rendre les hommes aussi parfaits qu'il le désirait, il devait les supporter tels qu'ils étaient et tâcher d'en tirer le meilleur parti possible, » Marc-Aurèle fut au nombre des persécuteurs des chrétiens en 162.

De tout temps, les philosophes non chrétiens ont exprimé les plus beaux sentiments, et rarement leurs actions ont été d'accord avec leurs paroles. L'Apôtre a dit : « La science enfle, mais la charité édifie. »

On pourrait dire d'ailleurs, avec M. De Gérando, que, dans l'Église primitive, les hôpitaux eussent été inutiles. « La maison de tout chrétien, dit-il, était ouverte à tout frère ; ils partageaient entre eux, suivant les ressources de l'un et les besoins de l'autre. Il n'y avait pas d'hôpitaux parce qu'il n'y avait pas de pauvres. Le même phénomène se reproduit de nos jours dans quelques congrégations religieuses. La maison des évêques et des prêtres était un asile ouvert aux pauvres et aux étrangers ; leur table elle-même était commune aux hôtes qu'ils y recueillaient. Saint Jean Chrysostome nous apprend que la nécessité d'instituer des asiles publics ne s'est fait sentir que lorsque la charité a commencé à se refroidir. Il fallut bien suppléer, par des établissements collectifs, aux ressources que ne fournissait plus suffisamment la bienfaisance individuelle, et chercher, dans le caractère durable de ces établissements, une perpétuité, une sécurité qu'on ne trouvait plus dans les œuvres des particuliers. Le génie de la religion fit germer cette pensée dans quelques âmes

généreuses, et créa, comme autant de monuments, ces asiles où la charité se montre vivante.
La mission de la charité s'étendait en effet à mesure que, frappé dans son principe par le christianisme, l'esclavage se renfermait dans de plus
étroites limites, et que les affranchissements, en
se multipliant, étendaient la classe des prolétai-
res. Le pauvre, au lieu d'aliéner sa liberté, re-
courut à l'assistance d'autrui, et l'abondance
même des secours encouragea l'empressement
à en profiter. Le christianisme, d'ailleurs, était de
préférence embrassé par les malheureux, auxquels il offrait à la fois et des consolations céles-
tes et une protection sur la terre. »

Il est donc naturel que les hôpitaux ne datent
point du premier âge du christianisme.

Mais aussitôt que l'Église se crut libre, on bâ-
tit différentes maisons de charité. Différents
noms leur étaient donnés, suivant les différentes
sortes de pauvres qu'on y recueillait. La maison
où l'on nourrissait les petits enfants à la ma-
melle, exposés ou autres, se nommait *Brepho-
trophium;* celle des orphelins, *Orphanotro-
phium; Nosocomium* était l'hôpital des malades;
Xenodochium, le logement des étrangers; *Ge-
rontocomium,* la retraite des vieillards; *Pto-
chotrophium,* l'asile général pour toutes sortes
de pauvres. Bientôt il y eut de ces maisons de
charité dans toutes les grandes villes.

L'élan avait cependant été entravé, dans le principe, par l'apostasie de Julien. Il mit tous ses soins à rétablir le paganisme. Craignant d'abord de passer pour tyran, il affecta de paraître doux et humain, *comme un sage qui ne se gouverne que par la raison.* Au lieu de commencer par persécuter les chrétiens, il préféra fomenter des divisions parmi eux, en rappelant et en protégeant les sectaires. En même temps, il s'efforça de rendre méprisables ceux dont il avait été le coreligionnaire, en leur donnant, dans une loi, le nom de *Galiléens;* il révoqua les priviléges accordés en faveur de la religion; il supprima les pensions que Constantin avait accordées aux clercs, aux vierges et aux veuves chrétiennes; il fit enlever l'or des églises, *sous prétexte d'obliger les chrétiens à pratiquer la pauvreté évangélique,* il leur défendit d'enseigner les belles-lettres; il finit par susciter contre eux la douzième persécution.

L'élan charitable des chrétiens reprit avec une nouvelle ardeur après la mort de l'empereur, arrivée en l'an 363. Le soin des malheureux incombait surtout aux évêques, en leur qualité de successeurs des apôtres, aux pieds desquels les premiers chrétiens déposaient leur fortune pour qu'ils la distribuassent aux pauvres. Aussi, dès l'année 370, saint Basile fit-il construire près de Césaréc, en Cappadoce, un asile magnifique destiné au soulagement des malheureux. Saint Jean Chrysostome, qui vivait en 398, le reproduisit à Constantinople. Il multiplia les hôpitaux. Les maisons mêmes des évêques étaient consacrées à cette noble et pieuse destination. Plus tard, on y affecta des édifices adjacents aux basiliques. Enfin, les maisons hospitalières se multiplièrent autour des cathédrales. Fondateurs des établissements charitables, les évêques en eurent naturellement la direction. Justinien, par la publication, en 528, du code qui porte son nom, leur reconnut légalement l'administration supérieure de ces asiles, qui ne leur était confiée, jusqu'à cette époque, qu'en vertu de la tradition.

L'exemple donné par les évêques trouva nécessairement des imitateurs dans ces siècles de foi et de charité. Aussi vit-on de riches particuliers entretenir des hôpitaux à leurs dépens et y servir eux-mêmes les pauvres, comme saint Pammachius à Porto, et saint Gallican à Ostie.

Enfin, les monastères qui se fondèrent au IVe et au Ve siècle devinrent une ressource nouvelle pour les infortunés. A chacun de ces monastères devait être attaché un local destiné à servir d'asile.

Vers la même époque commencèrent les irruptions des barbares. Les premiers monuments de la charité chrétienne survécurent à leur invasion; ils se multiplièrent même au milieu des désastres. Il semblait que Dieu ne permît à ces hordes sauvages de s'approcher de Rome, centre de cette religion qui inspire la charité, que pour leur y faire admirer les merveilles que la religion y exécutait et pour les pousser à se convertir. Rome, en effet, ne se contentait point de dire aux missionnaires : « Allez et enseignez; » elle mettait en pratique les précep- de la charité. « Tandis que l'Europe entière était plongée dans les ténèbres de la barbarie, dit Morichini, Rome fondait des asiles pour les pauvres infirmes, pour les veuves et les jeunes filles, pour les orphelins et les enfants trouvés, et prouvait, par le fait, que *la civilisation est fille de la morale évangélique.* »

L'exemple donné par la capitale du monde chrétien fut suivi partout où la lumière évangélique pénétra.

« Au ive siècle, dit le baron de Watteville, au moment où, sous l'heureuse influence du christianisme, des hôpitaux s'élevèrent pour les pauvres malades à Constantinople, à Rome et dans les villes les plus civilisées de l'Italie, un établissement du même genre se forma à Lyon. Dans les siècles suivants, Reims et Autun ont aussi eu leurs hôpitaux, et Paris a eu son Hôtel-Dieu.

2.

Dans le cours du xiᵉ et du xiiᵉ siècle, des asiles s'ouvrent, de tous côtés, aux malades et aux lépreux. »

Le christianisme ne prit racine en Belgique que longtemps après qu'il eut produit des fruits dans le midi et au centre de la France. L'époque du triomphe complet de la religion chrétienne, dans notre pays, ne peut être fixée qu'au viiᵉ siècle, lorsque saint Amand y parut. Elle ne tarda pas à y produire les mêmes fruits qu'en Italie et en France. En moins d'un demi-siècle, plus de vingt-cinq monastères couvrirent notre sol dont la population était si peu considérable.

C'est à cette époque que commence la civilisation belge. Jusque vers le viiiᵉ siècle, notre pays, aujourd'hui si bien cultivé, ne présentait que des déserts, des landes, des marais, des forêts impénétrables. Le missionnaire y éleva d'abord une croix, bien souvent arrosée de son sang ; à cette croix succédèrent une chapelle et une cellule. La chapelle s'entoura de chaumières, qui devinrent un hameau, plus tard un bourg, et enfin une ville. Partout où il y avait une bruyère à défricher, un marais à dessécher, il s'établissait un couvent, et partout où se trouvait un couvent, il y avait du pain pour les nécessiteux, un asile pour les malades.

De même qu'en France, des asiles s'ouvrirent,

de tous côtés, en Belgique, dans le cours du xie et du xiie siècle. A l'apparition de la lèpre, que les croisés importèrent de la Syrie, la charité y enfanta des prodiges. La peste, dans les siècles suivants, donna naissance à de nouveaux asiles.

L'institution des communes eut d'ailleurs une heureuse influence sur l'érection d'hospices destinés au traitement des pauvres malades. Au xiie siècle, grâce à l'influence civilisatrice du christianisme, la servitude de la glèbe, qui avait été la première transformation de la servitude personnelle ou de l'esclavage, commença à disparaître elle-même. Une des conséquences de cette disparition fut que la subordination des classes inférieures aux classes riches alla s'affaiblissant, et qu'il devint indispensable que des fondations générales remplaçassent l'ancien patronage des seigneurs. C'est cette considération et la ferveur qui animait les populations chrétiennes au temps des croisades, qui expliquent l'établissement presque simultané des institutions charitables que le moyen âge vit naître dans la plupart des villes de la chrétienté.

La nomenclature des établissements de cette nature qui se fondèrent dans la seule ville de Bruxelles, donnera une idée de ce que le moyen âge, si dénigré, a fait pour la bienfaisance. En 1125, fut fondé l'hôpital de Saint-Nicolas; la léproscrie de Saint-Pierre existait avant 1179; il est certain que l'hôpital Saint-Jean était érigé en 1195; l'hospice de Terarken date de 1218; un acte de 1328 prouve que l'hôpital de Saint-Jacques avait été érigé longtemps avant cette année; on fixe à l'année 1350 l'érection de l'hospice des Bogards, mais il parait être beaucoup plus ancien; l'hôpital de Saint-Guislain est de 1356; celui de Saint-Corneille, au moins de 1359; celui de la Sainte-Trinité, de 1560; celui de Saint-Christophe, de 1385: pendant la même année existait l'hôpital de Saint-Laurent; Sainte-Élisabeth fut fondé en 1588; l'hospice de Querbs, en 1401; en 1429, la maison pieuse du Calvaire; l'hospice des Douze-Apôtres fut érigé en 1434; celui de Saint-Aubert, en 1454; celui de Notre-Dame de la Paix, en 1485; en 1522, l'hospice de Sainte-Croix. Indépendamment de ces établissements charitables, il en a existé plusieurs autres dont les traces ont été perdues. Ainsi, un acte de 1297 fait mention d'un hôpital des foulons, dont il n'est resté aucun vestige; d'autres documents parlent d'asiles à la fondation desquels on ne peut assigner une époque précise.

Si l'on réfléchit ensuite au grand nombre de monastères qui existaient dans Bruxelles, et à la porte desquels le malheureux ne frappait jamais en vain; si l'on songe au clergé séculier, dispen-

sateur incessant des aumônes; si l'on se rappelle
que les métiers étaient organisés en confréries,
sous le patronage de tel ou tel saint, et que,
moyennant une cotisation hebdomadaire, chaque membre recevait des secours en cas de maladie ou d'accident; puis, si l'on tient compte que,
vers 1400, la population de la ville n'excédait
pas 60,000 âmes, on avouera que, au point de
vue de la bienfaisance, notre siècle pourrait
chercher des leçons en plein moyen âge.

Mais à qui la fondation de toutes les institutions que nous venons d'énumérer est-elle due?
A la charité religieuse privée, car toutes ont eu
pour fondateurs des particuliers, prêtres ou laï-
ques, et surtout des femmes; à la charité *religieuse*, car toutes étaient placées sous l'invoca-
tion d'un saint, et toutes étaient dues à une
impulsion religieuse. On peut s'en assurer dans
les chartes de fondation. S'il suffisait d'être
homme, d'avoir le sentiment de la bienfaisance
gravé dans son cœur, pourquoi donc les païens
n'ont-ils pas connu les établissements de bienfaisance? Il y a plus : parmi les établissements de
bienfaisance que nous avons énumérés, se trouvaient plusieurs hôpitaux. Qui y soignait les malades? Des communautés religieuses.

On sait que les ordres religieux hospitaliers,
qui datent du IXᵉ siècle, se sont multipliés

dans les xie et xiie siècles, et pendant les siècles suivants, au fur et à mesure que la lèpre et la peste étendirent leurs ravages en Europe. La première de ces maladies, qui y fut importée au xiie siècle, ne commença à décroître, à Bruxelles, que postérieurement à 1447. La première peste y éclata en 1516.

Nous avons donc eu raison de dire que sans la religion il n'y a point de charité véritable. La suite confirmera la vérité de cette proposition.

Vers la fin du xve siècle, l'esprit religieux commença à s'affaiblir, sous l'influence des mœurs et des temps. Le grand schisme d'Occident, qui éclata en 1378, y contribua beaucoup. Bientôt l'Église fut dans le plus triste état. Avec la foi disparaissait la pureté des mœurs. Les murs des monastères n'arrêtèrent point les progrès du mal; les ordres religieux eux-mêmes qui s'étaient dévoués avec tant de zèle au service des maisons hospitalières, dégénérèrent. Le stimulant de la lèpre et de la peste avait en grande partie disparu. Aussi vit-on des établissements charitables se transformer en abbayes. Mais, et ceci est digne de remarque, les abus ne se manifestèrent que dans les ordres religieux d'hommes; à peine, parmi ceux qui étaient composés de femmes, en signale-t-on quelque exemple. Jamais circonstances ne furent plus favorables, nous ne dirons pas à la naissance des hérésies, car il en a toujours existé dans l'Église, mais au développement que de nouveaux hérétiques voudraient donner à des hérésies anciennes.

§ 3. De la bienfaisance depuis la réforme jusqu'à la révolution française.

Voyons la doctrine prêchée par les réformateurs et quels fruits elle a produits.

La charité, comme nous l'avons prouvé, est la base de la religion du Christ. D'après ses divines paroles, la charité constitue toute la foi, renferme tous les commandements. Eh bien ! quelle est l'opinion des prétendus réformateurs de la religion du Christ ? Quoique, dès le principe, ils aient été en désaccord sur les articles de foi, ils ont été unanimes pour admettre *que la foi seule suffit pour assurer le salut, sans le secours des bonnes œuvres.* Conséquents avec eux-mêmes, ils rejettent de la Bible l'épître de saint Jacques, parce qu'elle insiste sur la nécessité des bonnes œuvres. *Fides sine operibus mortua est.* — La foi sans les œuvres est morte, dit saint Jacques. — Luther dit que c'est une épître de paille. — *Straminea epistola.* — A en croire les réformateurs, les bonnes œuvres ne sont donc point nécessaires au salut. Telle est leur doctrine.

Quels fruits a-t-elle produits? « Les asiles hospitaliers, et c'était l'immense majorité, qui se trouvaient annexés aux évêchés, chapitres, monastères et confréries, subirent, dans les pays où triompha la réforme, le sort des fondations ecclésiastiques : le plus grand nombre fut supprimé; ceux qui conservèrent leur destination furent soumis à une nouvelle forme d'administration. » Tel fut le premier résultat produit par la réformation en Allemagne, en Suisse, dans le Nord, en Angleterre, partout où elle prit racine.

Écoutons un écrivain protestant sur les conséquences ultérieures de la réforme au point de vue de la bienfaisance : « Lorsque les réformateurs, dit Cobbett, eurent saccagé les couvents et les églises; lorsque ces grands biens qui appartenaient de droit aux classes les plus pauvres leur eurent été enlevés; lorsque les presbytères eurent d'abord été bien pillés et qu'ensuite on eût donné le reste de leurs revenus à des *hommes mariés,* alors les pauvres (car il doit toujours y avoir des pauvres dans la société) se trouvèrent sans moyens d'existence. Ils furent réduits à vivre de leurs quêtes, de leurs larcins et de leurs vols...... »

Le même écrivain explique plus loin comment l'Angleterre en était arrivée à ce point : « A mesure, dit-il, que l'Église établie par la loi fit des progrès, on vit disparaître tout à fait ce qui restait encore de l'antique charité de nos pères. Les indigents, que l'Église catholique avait si tendrement placés sous sa protection, furent dès lors flétris avec des fers rouges et condamnés à l'esclavage, seulement pour avoir demandé l'aumône, quoiqu'on n'eût pris en même temps aucune mesure pour les empêcher de périr de faim et de froid. L'Angleterre, si longtemps célèbre par son hospitalité, par la générosité, l'aisance et le bonheur de ses habitants, devint, sous l'influence du protestantisme, le pays par excellence de l'égoïsme, de la misère, de la détresse et de la tyrannie. »

On comprend ce résultat lorsqu'on sait que, lors de l'invasion de la réforme, il y avait dans la seule Angleterre, sans compter l'Irlande ni l'Écosse, 645 monastères, 90 collégiales, 110 hôpitaux, 2,374 chapelles libres, et lorsqu'on songe que *faire des actes d'hospitalité et de charité* était l'une des principales obligations des moines et des prêtres.

La réforme produisit des fruits analogues dans tous les pays où elle parvint à s'établir en dominatrice. Partout le paupérisme s'y développa; partout la nécessité du maintien de l'ordre fit publier les lois les plus inhumaines contre les malheureux qui mouraient de faim ; partout la bienfaisance publique *contrainte* dut être substituée à la charité *spontanée* des catholiques.

Voyons l'histoire de la bienfaisance dans les pays qui restèrent fidèles à la foi de leurs pères.

Ce fut vers cette époque et sous cette inspiration que prit naissance l'ordre hospitalier des frères de Saint-Jean de Dieu, en Italie, sous le nom de Frate-ben-Frutelli ; en Allemagne, sous celui de Barmherzige Bruder ; en France, de frères de la Charité. Établi en 1572, l'ordre des frères de Saint-Jean de Dieu compta bientôt dans le généralat de Rome 155 couvents ou hôpitaux ; 158 dans le généralat d'Espagne. En 1584, fut fondé l'ordre des serviteurs des malades. Celui des obregons se répandit en Espagne, en Portugal, en Flandre et jusque dans les Indes orientales. Chacun connaît la vie nouvelle que les prédications de saint Vincent de Paul donnèrent aux établissements hospitaliers de France. En 1624, les sœurs de la Charité peuplèrent les hôpitaux. Les dames de Saint-Thomas de Villeneuve suivirent leur exemple. Enfin, en 1659, d'autres congrégations de femmes embrassèrent ce bienfaisant ministère. Le nouveau monde lui-même se ressentit de ce retour vers la foi catholique. L'ordre hospitalier de Saint-Hippolyte s'établit au Mexique en 1585 ; vers le milieu du xviie siècle, les bethléémistes se répandirent dans les Indes occidentales ; en 1642, les hospitalières de Saint-Joseph ou de la Trinité s'associèrent aux missions du Canada.

Enfin, sous la même influence, de nouveaux asiles charitables s'élevèrent en grand nombre. Paris seul vit naître, en 1625, l'hôpital de la Miséricorde ; en 1637, celui des Incurables ; en 1645, celui de Charenton ; en 1650, celui des Convalescents ; en 1670, celui des Enfants-Trouvés.

Les mêmes causes produisirent les mêmes effets dans tous les pays catholiques, surtout à Rome, qui, comme centre de la catholicité, devait donner l'exemple de la charité. Mais bornons-nous à constater ce qui eut lieu à Bruxelles. La réforme s'était infiltrée en Belgique ; mais, heureusement, elle ne s'y développa point, car, en peu de jours, au mois d'août 1566, ses partisans, les iconoclastes, ravagèrent, dans les Pays-Bas, plus de 400 églises et couvents.

Un octroi du 5 août 1577 autorisa l'établissement, à Bruxelles, de l'hospice de la Couronne d'épines, fondé par Françoise Rentiers, veuve d'Arnoul van Laetem ; en 1590, le magistrat de la ville fit construire une maison des fous ; en exécution du testament de Gilles van den Bempde et de sa femme Catherine Vandereest, en date du 16 juin 1602, fut établi l'hospice van den Bempde; en 1618, furent construites les maisons extérieures des Pestiférés, au nombre de vingt-quatre; l'hospice Vanderhaegen, dû à la générosité de Henri d'Eesbeke dit Vanderhaegen, fut érigé en 1620; le dominicain Ambroise Druwe parvint à créer, en 1647, l'hospice de Sainte-Croix, pour les *filles repenties;* en 1681, existait la maison du Saint-Esprit de la Chapelle, fondation *privée* affectée à l'entretien des aveugles, des pauvres alités, atteints de chancres, ou estropiés; Marie-Albertine de Gand, marquise de Deynze, ordonna, par son testament du 15 janvier 1694, d'ériger l'hospice de la Miséricorde de Dieu et de la sainte Vierge, pour prévenir la séduction des jeunes filles; le 19 juin 1713, la baronne des Marez, veuve d'Augustin Pacheco, fonda l'hospice Pacheco; en 1730, Marie Élisabeth fit commencer la construction de la maison des pauvres, destinée « à y entretenir, nourrir et faire travailler les pauvres mendiants, et faire cesser, par ce moyen, la mendicité et la fainéantise, avec tous les crimes et désordres qui en résultaient; en 1754, le pléban Kerpen, de concert avec les maîtres des pauvres de Sainte-Gudule, fit élever un grand bâtiment pour les *orphelins;* la maison des orphelins de la Chapelle fut fondée, en 1771, à l'aide des largesses de Jacques Hilaire.

Nous venons d'exposer quelles étaient les doctrines des réformateurs; nous avons constaté l'influence pernicieuse que ces doctrines ont immédiatement exercée sur la situation des classes pauvres, et nous avons opposé à ce triste tableau le spectacle des fruits que la religion du Christ a continué à produire dans les pays restés catholiques. Malheureusement, dans un grand nombre de ces pays, les réformateurs étaient parvenus à semer leurs hérésies, et cette semence finit par y porter des fruits. La bienfaisance s'en ressentit. Nous croyons devoir dire comment, d'après nous, la réforme finit par altérer la charité, même dans les pays catholiques.

Les réformateurs avaient, certes sans s'en douter, jeté dans le monde des principes d'anarchie qui ne devaient pas tarder à se traduire en faits, même dans les contrées où la réforme ne s'était pas établie. En proclamant que chacun est libre de croire ce que sa raison individuelle lui inspire dans les matières de foi, on finit par faire tenir aux peuples ce raisonnement : « Pourquoi, puisque nous sommes libres dans l'appréciation des lois religieuses, pourquoi ne serions-nous pas également libres dans l'appréciation des lois politiques? » En rejetant, comme indigne du libre chrétien, la discipline à l'aide de laquelle le catholicisme soumet les sens à l'esprit, les réformateurs avaient lâché la bride à toutes les mauvaises passions; en attaquant, avec une violence extrême, l'empereur, les rois et les princes, ils avaient fini par détruire tout respect de l'autorité; en soutenant que l'on ne pouvait, sans pécher, tenir le serment de fidélité à l'Église catholique, ils préparaient les peuples à ne pas tenir les serments prêtés à leurs souverains; en disant aux peuples, partout où le pouvoir résistait à l'hérésie : « *Il faut obéir à Dieu plutôt qu'aux hommes,* » ils prêchaient la révolte ouverte. Aussi, des rébellions ne tardèrent-elles pas à éclater. Il se forma des sectes qui considérèrent comme contraires à la parole de Dieu un grand nombre de choses politiques, et qui, conséquentes avec cette maxime : « *On doit obéir à Dieu plutôt qu'aux hommes,* » tentèrent de les détruire par la force.

L'anarchie dans les idées, suivie de l'anarchie dans les actions, fut donc un fruit de la doctrine des réformateurs.

Ce fruit ne fut pas le seul. On criera peut-être au paradoxe; mais il n'est pas moins vrai que la réforme contribua singulièrement ou développement de l'absolutisme. Elle le favorisa immédiatement dans les pays qui embrassèrent la religion

nouvelle, en réunissant le *pouvoir temporel* et le *pouvoir spirituel* dans les mains des souverains réformés. En effet, il résulta de cette réunion que les souverains, interprétant l'Écriture à leur façon l'on comprend que ces interprétations n'eurent (et jamais lieu au préjudice du pouvoir fort), s'avisèrent, en leur qualité de chefs spirituels, de décréter légalement des articles de foi, et firent, en leur qualité de chefs temporels, exécuter ces décrets par la force, l'emprisonnement et la mort. Pour être convaincu de la vérité de cette proposition, il suffit de lire l'histoire du règne d'Élisabeth d'Angleterre. Dès lors, il ne fut plus question de convictions religieuses, soit des individus, soit des communions : tous devaient avoir la même croyance que le souverain ou faire semblant de la partager. Que devenait la liberté ?

En outre, la réforme favorisa l'absolutisme d'une manière médiate. Tout homme d'un jugement sain et impartial doit reconnaître que les préceptes disciplinaires de l'Église catholique ont pour but la répression naturelle des passions humaines, des appétits sensuels. En supprimant ces préceptes, la réforme ne supprima point les passions, ni les appétits sensuels. Quel dut être le résultat de ces mesures ? Une corruption de mœurs plus profonde, l'oubli de tout sentiment religieux. Alors le pouvoir politique dut limiter la liberté individuelle et celle des communautés par des lois de police, et contraindre les hommes, par la force physique, à faire ce que l'Église obtenait d'eux par la seule contrainte morale. D'un autre côté, plus les éléments révolutionnaires auxquels la réforme avait, comme nous l'avons expliqué plus haut, donné l'être, se répandirent dans les peuples, plus les gouvernements sentirent le besoin de redoubler de sévérité. C'est alors que, pour couper, comme ils le pensaient à tort, le mal dans ses racines, ils supprimèrent les anciens priviléges ; ils portèrent atteinte à des droits réels, ils entravèrent de plus en plus le libre mouvement des peuples.

Ainsi la réformation du xvie siècle favorisa l'absolutisme immédiatement et d'une manière médiate.

Il est donc facile de comprendre comment les pays restés catholiques subirent l'influence de la réforme. Les idées qu'elle avait jetées en avant, favorisant les passions, durent naturellement y acquérir des partisans ; ceux-ci provoquèrent des désordres, et ces désordres obligèrent les souverains catholiques de suivre l'exemple des protestants, de limiter les droits des peuples. Toute notre histoire du xvie siècle atteste cette vérité, que confirme aussi l'histoire de France.

Une fois maîtres absolus, des princes catholiques crurent pouvoir, à leur tour, secouer le
joug de la discipline de l'Église. A partir de ce
moment, la corruption la plus effrénée pénétra
dans les cours, et bientôt l'argent et les droits
les plus sacrés des peuples devinrent la proie des
courtisans et des maîtresses. La corruption des
mœurs, suivie de son éternelle compagne, l'irréligion, ne tarda pas à se répandre, avec une ra-
pidité inouïe.

Grâce à la perversion des cours, les prêtres
avaient cessé d'être les précepteurs des grands
et des rois : les écrivains de l'école philosophique
du xviiie siècle les remplaçaient. Dominant les
académies et les parlements, ayant des affiliés
partout, maîtres de la presse et par conséquent
de l'opinion, distributeurs de la popularité,
amis et conseillers des princes, de leurs ministres et de leurs maîtresses, les Voltaire, les
d'Alembert, les Diderot, les Raynal, les Grimm,
les La Harpe, firent germer, avec la plus grande
facilité, leurs doctrines dans les masses.

Quelle fut l'influence de ces doctrines sur la
bienfaisance? Lorsque l'esprit anticatholique
envahit le trône de France avec Choiseul, celui
d'Espagne avec d'Arenda, celui de Portugal avec
Pombal, qui semblaient s'être donné le mot pour
représenter la puissance spirituelle comme si

formidable depuis que personne ne la défendait plus et ne la craignait plus, alors Français, Espagnols, Portugais virent s'évanouir l'ancienne charité; un état de choses analogue à celui que produisit la réforme dans les pays protestants naquit chez eux, et leurs souverains, pour prévenir les abus qui devaient en résulter, durent prendre des mesures calquées sur celles que les gouvernements protestants avaient déjà prises.

Les gouvernants de la Belgique furent aussi emportés par le tourbillon des idées nouvelles. La cour de la pieuse Marie-Thérèse n'avait pas échappé à la contagion. Kaunitz en était imbu. Les courtisans, les ministres, les généraux avaient les mêmes sentiments.

La haine du catholicisme, la substitution à l'autorité de la parole divine de ce qu'on appelle la raison et la tolérance universelle, tels étaient les enseignements des écrivains philosophes du XVIIIe siècle.

Quels fruits produisirent-ils relativement à la bienfaisance? L'ordre religieux succomba, et avec lui disparurent les monastères, où le pauvre trouvait toujours du pain pour assouvir sa faim, et un grand nombre d'institutions charitables qui étaient dans la dépendance du clergé; les mots *bienfaisance*, *humanité*, *vertus sociales*, remplacèrent les actes de charité; au régime

des fondations pieuses furent substitués les dé-
pôts de mendicité et la froide charité légale; les
corporations religieuses, si dévouées au soulagement des malades, furent persécutées, rem-
placées même par des serviteurs mercenaires;
enfin, comme ces mesures devaient avoir pour
résultat de faire des pauvres un embarras pour
le gouvernement, le Code pénal fut enrichi, dans
les pays catholiques, d'un nouveau délit : le délit de mendicité.

Quelque chose de semblable était arrivé en
Angleterre, lorsque la réforme y eut saccagé les
couvents. « Le gouvernement, dit Cobbett, eut
en vain recours aux supplices pour purger le
pays de ces malfaiteurs ou de ces prétendus
malfaiteurs. La faim, que ne peuvent arrêter
les murailles les plus épaisses, défia ses terreurs
et ses tourments. A la fin, on vit qu'il était ab-
solument nécessaire d'établir pour les pauvres
une ressource générale permanente et solide.
Ce fut dans la 45ᵉ année du règne d'Élisabeth
que passa cet acte qui subsiste encore aujour-
d'hui et qui établit une taxe pour les indigents,
taxe qui doit être payée par la terre, recueillie par
des inspecteurs, et dont le payement doit être
exigé par les moyens les plus efficaces et les plus
prompts. C'est ici que nous avons le résultat le
plus affreux de la réforme, *la réforme établie
par la loi.* »

« Il ne faut point perdre de vue, dit Portalis, que les lois de la révolution avaient eu surtout pour tendance d'effacer jusqu'aux traces du catholicisme. Elles proclamaient bien, il est vrai, la liberté de conscience, et déclaraient que nul citoyen ne serait gêné dans l'exercice de sa religion ; mais *c'était surtout la liberté de l'irréligion, la profession publique de l'impiété qu'elles entendaient protéger.* Aussi maintenaient-elles soigneusement les lois de proscription portées contre les ministres du culte de la grande majorité des Français, afin de rendre l'exercice de ce culte impossible, pendant qu'elles proclamaient une tolérance dérisoire. Leur esprit, c'était l'indifférence pour toutes les opinions religieuses, la haine pour la religion catholique. »

FIN.

ESSAI HISTORIQUE

SUR LE BIENHEUREUX

ANDRÉ BOBOLA

DE LA COMPAGNIE DE JÉSUS

Béatifié par Sa Sainteté le Pape Pie IX

PAR VICTOR DE BUCK

PRÊTRE DE LA COMPAGNIE DE JÉSUS ET BOLLANDISTE

PAR ÉD. TERWECOREN, S. J.

COLLECTION DE

BRUXELLES

IMPRIMERIE DE J. VANDEREYDT

Rue de Flandre, 104

1855

48e livraison. — 2e année. — 15 décembre.